AF394921

ADRIEN MITHOUARD

BIGALUME

« Quinze ans! ô Roméo!... »
Alfred de Musset.

PARIS
G. MELET, ÉDITEUR
GALERIE VIVIENNE, 45 et 46

1888

A. M. F. COPPÉE

CETTE FANTAISIE

egregio permissu ejus

EST RESPECTUEUSEMENT DÉDIÉE

A. M.

25 février 1888.

Cet ouvrage a été tiré à 500 exemplaires numérotés sur papier de Hollande.

N°

BIGALUME

PERSONNAGES

MAUMUS.

BLANCHE, fille de Maumus.

BIGALUME, lutin.

——

La scène est où vous voudrez, au printemps.

——

SCÈNE PREMIÈRE

MAUMUS

(Enveloppé dans une grande robe de chambre et penché sur des livres.)

Or, Cicéron souvent employait ce mot-là ;
Donc la phrase est pour sûr de Cicéron. — Holà !
Dans le style indirect d'ordinaire il l'évite ;
Maumus, mon bon ami, vous concluez trop vite.
Voyons, que dit la glose en ce point capital ?
Lisons.

(Il lit.)
« Ah ! le beau trait. »

(Parlé.)
Voilà qui m'est égal.

(Lisant.)
« Quel amour pour le peuple et pour la République !
Grandeur d'âme admirable en ces temps... »

I

(Parlé.)
Rhétorique !

Le texte est-il plus clair, après tous ces mots creux ?

(Regardant à la fenêtre).

Le ciel est moins obscur... Il fait un temps affreux.

C'est ainsi qu'on s'y prend dans la vieille méthode :

Au lieu de commenter, on admire, l'on brode !

Puis, se payant de mots, on fait du sentiment.

(S'adressant à son livre.)

Eh ! tout cela, Monsieur, nous dira-t-il comment

L'anomalie a pu s'établir dans la langue ?

Veuillez garder pour vous cette longue harangue

A propos (hors propos !) du *Natura Rerum !*

Car dans un Cicéron, Monsieur, *Variorum,*

Que fait Lucrèce avec l'âme de la nature ?

Glosons, glosons, glosons : c'est la littérature.

L'âme de la campagne, elle est belle en effet :

Allez donc regarder, Monsieur, le temps qu'il fait !

SCÈNE II

MAUMUS, BLANCHE

BLANCHE

(Une lettre à la main.)

Une lettre, papa, la lettre du notaire.

MAUMUS

(Se redressant.)

Sortez !

BLANCHE

Voyons !...

MAUMUS

Sortez sans discuter !

BLANCHE

Mais, père...

(Sur un geste de Maumus elle sort après avoir jeté sa lettre. Puis, rouvrant la porte :

Qu'ai-je donc fait de mal ?

(Elle se sauve.)

SCÈNE III

(S'adressant à la porte.)

    Ah ! c'est trop, ce coup-ci !
Sans doute je devais n'en prendre nul souci !
Après l'excès auquel vous vous êtes livrée,
Je vous enfermerai, fille déshonorée,
Sans pudeur, débauchée, opprobre du logis,
Dévergondée, enfant sans principes !! Rougis !
Non, rougissez ! Rentrez après votre mécompte
Dévorer vos regrets et boire votre honte !
Que je suis en colère !... Il est vrai qu'en latin...
Je l'ai prise pourtant sur le fait, ce matin.
Libertine ! Eh ! Monsieur, qui parlez de Lucrèce,
C'est votre faute aussi ! Mais, au fait, où donc est-ce
Que j'ai mis ce papier où j'avais, en cinq mois,
En lisant Cicéron noté les trois cents fois
Qu'il se sert de ce verbe ? Ah ! fâcheuse aventure !

Égaré ! — Nous parler d'âme de la nature !!
Ma fille, ton Marcel n'est qu'un musicien !
Et vous, mon cher Monsieur, vous êtes un ancien !
Bon ! le temps s'obscurcit. Ah ! je perds tout, j'enrage !
Faut-il recommencer plus de cinq mois d'ouvrage ?
Allumons !

    (Il allume une chandelle et la tient à la main.)
Je disais que ma fille...

    (Bigalume paraît debout sur la fenêtre.)

SCÈNE IV

MAUMUS, BIGALUME

BIGALUME

Bonjour !

(Il souffle la chandelle.)
Bonhomme, il fait chez toi noir comme dans un four.

MAUMUS

Suis-je bien éveillé ?

BIGALUME

Demande à ton notaire.

MAUMUS

Pour qui me prenez-vous ?

BIGALUME

Pour un coléoptère
A piquer tout camphré sur un bout de carton,

Pour un ressort en bois, pour un brin de coton
Au passage accroché par un buisson d'épine,
Pour le pavot qu'aimait Madame Proserpine,
Pour un très honnête homme : un manchot à crochet,
Un violon sans corde, ou (qui sait ?) sans archet,
Une lampe sans huile au plafond suspendue,
Pour une jarretière un beau matin perdue,
Pour un lecteur zélé de bouquins rebutants
Se donnant bien du mal à perdre bien du temps !

MAUMUS

Mais jeune homme !

(Bigalume éclate de rire,)
Monsieur !

(Bigalume rit plus fort. Tout à coup la figure de Maumus se contracte. Bigalume,
inquiet, cesse de rire. Maumus... éternue.)

BIGALUME

                    Qui veut gronder s'enrhume !
Jeune homme, ni Monsieur, va, je suis Bigalume,
L'ennemi du fatras, l'espiègle des beaux jours,
L'enfant qui court les bois dans le temps des amours,
Né d'un amour de fleurs, un jour de fantaisie,
Qui dans l'aube, un matin, s'ébat et s'extasie,
L'esprit qui, jusqu'au soir, au papillon pareil,
Divague en titubant, rieur dans le soleil,

BIGALUME

Rentre, la nuit venue, aux pétales des roses
Et chante, en s'endormant dans la splendeur des choses.
> (L'orage recommence.)
L'orage m'a surpris : écoute, il tonne encor :
Quelque monstre fâché là-haut sonne du cor.
Oh ! j'ai peur, cache-moi ! Je cherchais quelque fée
Dans la grotte de qui n'arrive qu'étouffée
La foudre dont l'éclat fait palpiter mon cœur !
Cache-moi, cache-moi dans ta robe !
> (On entend un coup de tonnerre.)

MAUMUS

Moqueur !

> (Après avoir hésité, il ouvre sa grande robe de chambre et Bigalume s'y
> cache tout entier.)

Mais il tremble vraiment... La foudre, une trompette !...
Non, plus je réfléchis, il n'est pas de poète
(Dieu sait si ces gens-là se sont moqués de nous !)
Qui jamais ait tenu des propos aussi fous.
Puis un lutin, voyons, est-ce qu'il en existe ?
Il n'a même pas su dire : Dieu vous assiste !
Le ciel fait prendre froid à cet esprit flottant ;
Dans mon épaisse robe il est là, grelottant...

BIGALUME

> (Chantant dans la robe de Maumus.)

Et la tricoteuse assise

A l'arrière du bateau
Laissait ses deux pieds dans l'eau
Pendre de sa robe grise.

(Maumus entr'ouvre la robe et Bigalume passe la tête.)

Son ami quitta les rames ;
La pelote à l'eau coula,
Jusqu'au bout se déroula,
Comme fait le cœur des femmes.

(Maumus veut faire taire Bigalume; mais celui-ci se sauve et grimpe
sur une pile de livres.)

MAUMUS

Vous êtes un vaurien de race pastorale,
Monsieur, et je m'en vais vous faire la morale.

BIGALUME

Tu m'as l'air ennuyeux comme un grand plaidoyer,
Vieux birbe. — Néanmoins tu peux me tutoyer !

MAUMUS

Savez-vous bien, Monsieur,.. ?

BIGALUME

Votre bas est fait, ma mère.
— Ma fille, il est bien mouillé.
— Je l'ai, ma mère, essayé
En sortant de la rivière.

BIGALUME

MAUMUS

Finissons !

BIGALUME

L'hypocondre !

MAUMUS

Comment vous nommez-vous ?

(Otant sa calotte.)
Voudriez-vous répondre ?

BIGALUME

Vraiment ceux que tutoie un maître tel que vous
Sont bien heureux ! Faut-il embrasser vos genoux ?

MAUMUS

(Flatté.)
Oui... Non... Que vous disais-je ?

BIGALUME

Ah ! Vive la lumière !
Les champs ont retrouvé leur gaîté coutumière ;
Du bon soleil d'Avril nous sommes les dévots,
Le ciel s'est éclairci : vivent les jours nouveaux !
Cherchais-tu pas mon nom ? Quand le soleil s'allume,
J'aime à redire à tous que je suis Bigalume.

Car le ciel bleu me fait jaser, rire, courir.
Je suis heureux, je vis, je ne peux pas mourir !
En rond, à l'horizon, les derniers brins de neige
Au dernier vent glacé font leur dernier manège.
L'hiver s'enfuit : Avril chasse le vieux bandit ;
Voici que le printemps radieux resplendit !
C'est moi, c'est moi qui suis l'exilé de Septembre,
Le premier rayon d'or qui pénètre en ta chambre,
Moi qui des fleurs t'apporte et les premiers embruns,
Par la croisée ouverte, et les premiers parfums.
Prisonnier, l'horizon s'ennuie à ta fenêtre.
C'est l'heure où les vivants frissonnent de bien-être,
Où se rouvre la plaie aussi des cœurs blessés,
Où l'on souffre le plus des rêves caressés.
Ami, c'est le printemps qui te pousse le coude.
Veux-tu donc en ce monde être le seul qui boude ?
Viens, car il faut d'amour connaître le tourment,
Viens, car il faut souffrir irrésistiblement !
　　　　(Il entraîne Maumus à la fenêtre.)

MAUMUS

Le mieux, pour le calmer, est de faire à sa guise.

BIGALUME

Tiens, une goutte d'eau ! Dieux ! comme elle s'irise
Au soleil : voyez-la d'azur se chamarrer.

MAUMUS

(Levant la tête.)
La gouttière est à jour : on va la réparer.

BIGALUME

Si nous descendions ?

MAUMUS

Non, il faut que je travaille.

BIGALUME

Travailler ? Que fais-tu ?

MAUMUS

Du latin.

BIGALUME

Rien qui vaille !

MAUMUS

Hélas ! où retrouver ?...

BIGALUME

Quoi ?

MAUMUS

Ce que j'ai perdu.

BIGALUME

Vraiment ?

MAUMUS

Vois-tu ce mot ?

BIGALUME

> Quel grand mot bien fendu ?

MAUMUS

J'avais compté combien de fois, en ce volume,
Il est à Cicéron revenu sous la plume.

BIGALUME

Pauvre ami, si jamais tu n'as rien fait de mieux,
Je te plains : c'est cela qui doit être ennuyeux !

MAUMUS

Et j'ai perdu...

BIGALUME

> La carte ! On t'en fera quittance ;
Car, mon vieux, n'est-ce pas, c'est quelque pénitence ?

MAUMUS

Du tout. C'est un travail où je fais des jaloux,
Ma réputation grandit à tous les coups,

Mes calculs passeront à la race future,
Et l'on verra bientôt, par ce que j'inaugure,
En chiffres garantis réduit tout Cicéron :
C'est l'affaire, à présent, de vingt ans environ.

BIGALUME

Si l'on peut se priver de chanter et de vivre
Pour compter tous les mots ramassés dans un livre !

MAUMUS

Et toi, que fais-tu donc ?

BIGALUME

   Cela dépend des jours.

MAUMUS

Mais c'est stupide !

BIGALUME

   Hier, j'ai fait un long parcours,
Car mon caprice agile en tous lieux se promène.
Mes yeux se sont ouverts auprès d'une fontaine ;
Mais Maumus n'a pas vu, dans l'herbe où nous vivons,
Vos bassins transparents, sources où nous buvons.
Où tombe un filet d'eau de la roche immobile,
On dirait qu'un collier de perles se défile ;

En cercle, au fond de l'eau, les bulles d'air plongeant
Semblent y défier des bilboquets d'argent.
Sais-tu pour quel fadet, quel dénicheur de merles
S'égrène en frissonnant cette grappe de perles ?
C'est pour moi. Prisonnier de ce gai belvéder,
J'ai suivi le ruisseau dans une bulle d'air.
Parmi les bêtes d'eau, quand elle se trémousse,
Ah ! qu'elle court gaîment mon escadre de mousse !
S'attifant, pour venir se pencher au vitrail
De ma barque d'azur se vêtant de corail,
Les herbes secouaient, en dansant, leur crinière.
Soudain fut une fée au fond d'une clairière,
Et la bulle éclata, livrant à l'air du soir
L'enfant, qui s'en alla vers la fée au cil noir.
Assis sur ses genoux, il resta jusqu'à l'heure
Où Phœbé laisse, aux bois, les larmes qu'elle pleure
Des feuillages tomber sur la mousse qui luit,
Ce qui fut le signal d'une fête de nuit.
Alors tout s'éclaira, coupoles de verdure,
Chênes en la splendeur de leur fière stature,
Troncs où de feux ruisselle un flot, vers lumineux
Piquetant de clous d'or les halliers épineux.
La sève avec la vie énamourait les plantes,
Une résine d'or élargissait leurs fentes,

Les sylphes, les ondins dans l'air sonnaient du cor,
Trick, Puck, Nab, Ariel, puis Obéron encor.
Les lointains s'éclairaient de lumières étranges,
Lueurs d'un autre monde où glissent des archanges,
Et, lisant, ô Nature, en ton divin Missel,
Tes prêtres célébraient l'amour universel.
L'hymne était continu comme celui des grèves,
On entendait gronder, comme un orgue, les sèves ;
En fausset, nasillait le chœur des moucherons.
Mais nous, essaim railleur des nains et des lurons,
Parmi le groupement des êtres fantastiques,
Dans les fils de la vierge aux tresses élastiques,
Nous avons fait ripaille avec loquacité.
Philomèle chanta le *Benedicite*
Et sonna le souper de sa voix argentine.

(Maumus s'endort.)

Moi je criai : « Morbleu ! c'est le temps qu'on festine :
Saurait-on nous servir des mets d'un plus haut prix
Que des filets de taupe et des moucherons frits ?
Qu'on exprime le jus des plantes parfumées !
Leurs-larmes ne sont point par la lune humées.
Frères, à vos souhaits ! Pour en boire les pleurs,
Notre coupe sera le calice des fleurs.
Essuyons notre bec sur du velours de pêche,

2

Ramassons, pour piquer la fraise en l'herbe fraîche,
La fourchette à deux dents, l'aiguille des sapins.
Que si nos serviteurs à servir sont lambins,
Nous pourrons empoigner les muguets des herbettes
Et, pour les appeler, agiter leurs clochettes !
Partageons la gaîté du monde tout amour:
Car c'est printemps, la nuit, comme au soleil du jour !
Gai ! quand nous serons gris d'une sainte ribote
Nous ferons apporter une grosse marmotte
Endormie et ronflant depuis six mois au moins ;
Et, solennellement, à grand renfort de soins,
Aux trous de son museau de couleur sépulcrale
Deux brins de paille secs et de longueur égale
Seront tout doucement appliqués, tous les deux,
Où nous ferons grimper des cloportes hideux.
De l'auguste silence alors rompant la glace,
Quand les bêtes auront pénétré dans la place,
La marmotte, sentant trembler ses poils au vent,
Frères, éternuera vers le soleil levant ! »

> (La tête de Maumus s'incline.)

Ainsi fut fait !...

> (Il pose une multiplication au tableau)

Cinq fois douze ça fait vingt-quatre.

> (Il jette des livres de tous côtés.)

Pif, paf, pif, les bouquins ! J'ai besoin de m'ébattre,

(Il déchire les pages d'un livre avec les dents.)

Quand la souris grignote, il faut veiller au grain.

Je vais sur son menton taper comme un ogre...

(Pendant qu'il soulève un in-folio, on entend par la croisée chanter Blanche.)

MAUMUS

(Se réveillant.)

Hein ?

(A part.)

Poison d'enfant !

(Haut par la fenêtre.)

D'abord fermez votre fenêtre ,

Ensuite taisez-vous !

BIGALUME

Je voudrais la connaître.

MAUMUS

Connaître qui ?

BIGALUME

Parbleu, ce plastron résistant

Où tu te fais la main quand tu n'es pas content,

Ta femme.

MAUMUS

Qui te dit que c'est elle ?

BIGALUME

Mais, dame,

BIGALUME

A qui parlerais-tu sur ce ton qu'à ta femme ?

MAUMUS

Il s'agit de ma fille.

BIGALUME

Ah ! le joli roman !
Je soupçonne déjà là-dessous quelque amant :
Cette race, au printemps, se démène et fourmille.

MAUMUS

Mon ami, ce sont là des secrets de famille.

BIGALUME

Des secrets à crier sur les toits tout au plus !
Laisse-les donc s'aimer avant qu'ils soient perclus !

MAUMUS

Précepte rigoureux de morale indulgente !

BIGALUME

Pourquoi persécuter la pauvre âme innocente ?

MAUMUS

Innocente, vraiment ?

BIGALUME

Ce n'est pas sérieux !

MAUMUS

J'ai vu ce que j'ai vu : je n'ai pas froid aux yeux.

BIGALUME

Et moi qui trouvais tout gelé dans ta personne.
Passe encor pour les yeux, bien que cela m'étonne.

MAUMUS

Jeune homme, j'ai la tête assez chaude parfois !

BIGALUME

Ce n'est pas étonnant lorsque tes pieds sont froids
Et que, sur ton chef nu, luisant comme une écaille,
Émergeant des cheveux comme un œuf de la paille,
(Un œuf, d'où sortira, victorieux poulet!
Le classement des mots d'un Cicéron complet,)
Ta calotte, gardant une tiédeur propice,
Se tourne, se cramponne, à ton oreille glisse,
Balaie un substantif de son gland libertin
Et manque de tomber sur un verbe latin,
Ainsi que dans sa mue, au fond d'une remise,
Une poule, en couvant, de crampes serait prise.

(Maumus irrité va prendre sa canne.)

Du bâton?... Je crierai comme un cent de marmots.....

(Bigalume ramasse la lettre que Blanche a jetée à terre.)

Une lettre qui traine : il faut compter les mots.

MAUMUS

La lettre du notaire!

BIGALUME

Un secret de famille !

MAUMUS

Donnez vite : il s'agit de marier ma fille.

BIGALUME

Elle s'appelle ?

MAUMUS

Blanche.

BIGALUME

Ah !

MAUMUS

Blanc, blanche, voyons !

BIGALUME

(Rêveur.)
Blanche...

MAUMUS

(Impatienté.)
Nous sommes blancs quand nous nous nettoyons.

Donnez !

BIGALUME

Blanche !

MAUMUS

Donnez !

BIGALUME

Blanche !

MAUMUS

Donnez-moi...

BIGALUME

Blanche !

Prononce donc un peu mon nom. Tiens, en revanche,
Je donnerai la lettre... Eh bien ?

MAUMUS

Langrune !

BIGALUME

Non !

MAUMUS

Barbagrume !

BIGALUME

Tu ris ? Ce n'est pas là mon nom !

MAUMUS

Bargigru !

BIGALUME

Garde toi des petits Bigalumes !

(Il lui donne la lettre.)

MAUMUS

Enfin !

BIGALUME

Lis vite.

MAUMUS

(Décachetant la lettre.)

Dans l'entretien que nous eûmes,
Monsieur de Papersec, mon notaire, assurait
Qu'on peut juger un homme en voyant son portrait.
Il a donc comparé tous les deux, en peinture,
Ma fille et le voisin, et, dans cette écriture,
Sans doute il me répond s'ils doivent s'épouser.

BIGALUME

(Trouvant des fleurs sèches entre les pages d'un livre.)

Tiens, vois donc ces deux fleurs mortes dans un baiser ;

S'étant le même jour ensemble desséchées,
Elles sont pour toujours l'une à l'autre attachées,
Et le livre y traça ce mot, en les pressant,
Sur l'une commencé, sur l'autre finissant :
Amores. Les amours!

MAUMUS

Mon Dieu !... La vie est brève...

BIGALUME

Amorès!

MAUMUS

Les amours!

(Il laisse tomber la lettre.)

BIGALUME

Ami, tu dors!

MAUMUS

Je rêve.

BIGALUME

De quoi rêverons-nous ?

MAUMUS

Des printemps d'autrefois.

BIGALUME

Qu'il fait bon à rêver dans l'ombre, au fond des bois,
Quand la campagne au loin de lumière s'habille!

MAUMUS

Elle fut douce, allez, la mère de ma fille.

BIGALUME

Elle appuyait ainsi la tête sur ton bras.

MAUMUS

Humble, elle s'asseyait parmi tout ce fatras...

BIGALUME

Et Maumus poursuivait son étude obstinée.

MAUMUS

La tête, ce jour-là, sur mon livre inclinée,
Elle laissa tomber deux fleurs de ses cheveux,
Tandis que, prolongeant la douceur des aveux,
Elle disait tout bas son amour infinie
Et qu'à moi pour toujours elle s'était unie.
Mais; cachant les fleurs d'or que l'encre profana,
La page, au gré du vent, subitement tourna.

BIGALUME

Elle disait donc vrai, Maumus, ta pauvre amie ?
Avec toi dans la mort elle s'est endormie ;
Vous êtes morts ensemble ainsi que ces deux fleurs,
Et le printemps n'a plus d'aussi jeunes couleurs !

MAUMUS

Bel enfant de l'azur, venu dans ma demeure,
D'un rayon de soleil échappé tout à l'heure,
Au peintre qui raya ton dos de vermillon,
Pour palette, il fallut l'aile d'un papillon ;
Ses antennes, dis-moi, pour pinceaux furent prises
Et l'on te barbouilla..... Tiens ! je dis des sottises !

BIGALUME

Va ton train, pauvre vieux : le soleil fait du bien.
Va, redis ta jeunesse ainsi qu'un air ancien.

MAUMUS

Mais toi, chante, bavarde, et jacasse et babille.

BIGALUME

Écoute, bon Maumus, je voudrais voir ta fille.

MAUMUS

(A part.)   (Haut.)
Ah ! diable ! Si c'est là ce que tu te promets,
Mon gaillard, il faut vite en rabattre. Jamais !

BIGALUME

Ce matin, dans les bois, les nains m'ont fait des mines ;
Car la fée en partant...

MAUMUS

              Qu'est-ce que tu rumines ?

BIGALUME

La fée a dit : « Mignon, de quoi veux-tu mourir ?
— « Bonne fée, ai-je dit, fais-moi d'amour périr. »
— « Soit fait, dit-elle, ainsi ! C'est une femme pure
Qui fera de sa lèvre à ton cœur la blessure,
Et Bigalume, un jour d'amour, trépassera,
Quand un baiser entre elle et lui s'échangera ! »

MAUMUS

Et tu veux, polisson, vaurien, que je te laisse....

BIGALUME

Je crains que le baiser de Blanche encor me blesse,

Et tu n'auras, Maumus, à me reprocher rien,
L'embrasser à l'instant, oh oui! je voudrais bien!
Mais si j'embrasse Blanche il faudra que je meure.
C'est chèrement payer une ivresse d'une heure.
Quand chante éperdûment la jeunesse en mon sein,
Point ne voudrais hâter le baiser assassin,
Vive la liberté, la jeunesse et la vie!
Les pauvres trépassés ne me font point envie.
Celui pour qui l'azur palpite éblouissant,
Dont la joue est en fleur, dont le chemin descend,
Qui, parmi les splendeurs de la mère nature,
De son caprice ailé promène l'aventure,
Ou souffle sur des fleurs, tranquillement assis,
N'a pas envie encore, ô Maumus, d'être occis.
De n'oser cependant en secret je me blâme;
Qu'importerait la mort dans un baiser de femme!

MAUMUS

Non, non, tu disais vrai, jeunesse, en t'écriant
Que, pour mourir déjà, le ciel est trop riant,
Que la vie est encore immense et désirable.
C'est vrai, c'est vrai, mon mal n'était pas incurable.
Je veux grimper aux murs, je veux boire aux ruisseaux,
Remplir les prés lointains de bonds, de cris, de sauts,

Faire, le casque en tête, au poignet mon épée,
Par-dessus les forêts une folle équipée,
Et si, pendant trente ans, j'ai vécu pour un mois,
Vivre aujourd'hui cent ans de jeunesse à la fois !

BIGALUME

Et moi, sylphe amoureux que l'aurore vermeille
De son souffle léger, de son sourire éveille,
Joyeux comme, le soir, une flamme qui prend,
Joyeux comme, au matin, la maison s'entrouvrant,
Né d'un baiser de fleurs pour un baiser de femme,
Je ne veux pas encor de celui de la dame,
Je ne veux pas encore, ivre d'agoniser,
Comme un poignard au cœur recevoir un baiser !

SCÈNE V

MAUMUS, BIGALUME, BLANCHE

MAUMUS

Paraissez! — Saluez! — Disparaissez!

(Blanche paraît, salue et se sauve.)

SCÈNE VI

MAUMUS, BIGALUME

BIGALUME

Géronte,

Ai-je mangé ta fille ?

MAUMUS

Hélas non, mais je compte
La livrer en pâture à quelque bon garçon
Honorable, s'entend, et, de cette façon,
Débarrasser mon toit de cette péronnelle !

BIGALUME

Elle est donc bien méchante, ou toi bien dur pour elle ?

MAUMUS

Sais-tu ce qu'elle a fait ?

3

BIGALUME

BIGALUME

Mais non.

MAUMUS

Eh bien, elle a...

(Brusquement.)

Que je suis malheureux !

BIGALUME

Quoi donc ?

MAUMUS

Il était là.

BIGALUME

Mais qui ? Le bon garçon que tu voulais pour gendre ?

MAUMUS

Non, le papier !

BIGALUME

Vraiment cet homme est bon à pendre !
Fille, gendre, papier, bouquins et mot caché,
Au diable !... avec Maumus par-dessus le marché.

MAUMUS

(Pleurant.)   *(Sanglotant.)*

Oh ! ce papier, ce mot... un mot... anapestique ! ! !

C'est ta faute.

BIGALUME

Tais-toi, figure d'encaustique !

MAUMUS

Peut-être que je l'ai laissé dans ce buvard.

BIGALUME

Mais ta fille, pourquoi la marier ?

MAUMUS

Bavard,
Aide-moi donc plutôt à retrouver ma liste.

BIGALUME

Soulevant la calotte de Maumus)
Sous ta calotte ?... Non.

MAUMUS

Ah ! je tiens une piste !
(Il fouille dans une corbeille pleine de vieux papiers.)

BIGALUME

Sans doute d'un passant ta fille, à son balcon,
Reçut des fleurs des prés... ou bien de l'Hélicon ?

MAUMUS

Même eût-elle admiré des fleurs de rhétorique
Que j'aurais seulement pris un air colérique.

BIGALUME

Ferait-elle pousser, elle aussi, de ces fleurs ?
En remontrerait-elle à nos horticulteurs ?

MAUMUS

Bah ! j'aurais confisqué sa robe de guipure.

BIGALUME

S'est-elle fait au doigt un semblant de coupure
Pour aller teindre l'eau d'un filet de carmin
A la source, où l'amant vint lui baiser la main?

MAUMUS

J'eus de mon pot à colle, en guise de sourdine,
Du haut de ma fenêtre empli sa mandoline.

BIGALUME

C'est donc un rendez-vous qui vous rend ennemis ?

MAUMUS

C'est sans doute le vent...

BIGALUME

Le vent ?

MAUMUS

Où l'ai-je mis ?

BIGALUME

Ah ! le papier ! Mais... Blanche ? As-tu fouillé ce livre ?

MAUMUS

Ce n'est pas un secret qu'à tout venant je livre.
Sache une bonne fois, en un mot comme en cent,
Qu'il faut se défier de son air innocent.

BIGALUME

Je crains que ce papier par les champs ne s'essore !

MAUMUS

Je crains que cet enfant un jour me déshonore ;
Car je l'ai, ce matin, prise en flagrant délit :
Elle ne rougit plus, et son père en pâlit.

BIGALUME

(Grave.)
Des baisers éclos sur les lèvres d'une femme
Un seul fait tressaillir, un seul parfume l'âme,

Le premier qu'elle donne à l'amant adoré..
Nul autre de meurtrir n'a le charme sacré,
Tout autre passe ainsi qu'un vol, un souffle, un leurre,
Laissant l'insouciance à l'âme qu'il effleure.....
Dis-moi si du baiser de Blanche je mourrais.

MAUMUS

Eh ! Monsieur l'embrasseur, respectez mes arrêts !

BIGALUME

Alors pardon, Maumus, si mon rire te blesse !
Pardon d'avoir mêlé ma joie à ta tristesse !
Pardon ! Si le toit fut par elle déserté,
Bien juste est ta douleur et ta sévérité.
Pardon ! car cette enfant mérite ta colère.
Je dois laisser passer la justice d'un père...

MAUMUS

Ouais, que me vient conter cette tête à l'évent ?

BIGALUME

Et nous la conduirons jusqu'au prochain couvent.

MAUMUS

Où diable en suis-je avec ce diablotin ?

BIGALUME

           Mon hôte,
Je rougis de penser qu'aussi grave est sa faute.

MAUMUS

T'ai-je dit que Marcel... ?

BIGALUME

     Il suffit : travaillons.

MAUMUS

Oui, oui, tu vas m'aider... Voici nos deux crayons...
A compter ce mot-là.

BIGALUME

     Par la fin je commence.

MAUMUS

Bon ! moi par l'autre bout.
(Ils se mettent à la même table et travaillent sur le même livre.)

BIGALUME

(A demi-voix.)
Un, deux.

MAUMUS

(D'une voix de stentor.)
Un ! deux !

BIGALUME

Silence !

MAUMUS

L'hirondelle revient après les derniers froids.
Quel jour emplit le ciel !... Après... Le beau temps !

BIGALUME

Trois...

MAUMUS

J'écoute les moineaux au soleil se débattre ;
Parfois dans l'air s'entend un grand coup d'aile.

BIGALUME

Quatre.

MAUMUS

(Se levant.)

On mettra, pour boucher ma gouttière, du zinc.
Quel rayon de soleil luit dans ma chambre !

BIGALUME

Cinq !

(Maumus se met à danser.)
Quel travailleur tu fais !

MAUMUS

(Qui vient de ramasser la lettre du notaire.)

Je n'ai pas lu ma lettre.

(Lisant.)

« Monsieur, Blanche m'écrit qu'il ne faut pas me mettre
En peine, cette fois, si le jeune homme est sec.
Rien   n'est   fait puisqu'on veut qu'il   soit   gras. —
                                        [Papersec. »

Ah ! la gentille enfant ! Est-elle délurée !
Je lui pardonne tout.

(Bigalume fait une cocotte avec la lettre.)

BIGALUME

Moi, je l'aurais murée.

MAUMUS

Elle écrit toute seule !

BIGALUME

Alors, vive Marcel !

MAUMUS

Oh ! pour cela, jamais ! Foin de ce jouvencel !

BIGALUME

Il va falloir chercher un couvent pour ta fille.

MAUMUS

Pour ma fille cherchons un beau mari qui brille.

(Maumus, ayant ôté ses lunettes, recommence à danser.)

Notre voisin, le sec, sur qui j'avais compté,

Aurait-il, en valsant, cette légèreté?

Dieu que j'ai chaud!

(Il ôte sa robe de chambre; Bigalume la ramasse et s'en affuble. Le lutin met aussi les lunettes et la calotte de Maumus. Puis il s'assied gravement devant sa table.)

BIGALUME

   Le paon se pare de ta plume.

Et maintenant, Maumus, connais-tu Bigalume?

MAUMUS

Tu crois me dérouter : eh bien! regarde aussi!

Il faut acclimater l'aise et la joie ici.

(Maumus se fait un bonnet en papier, arrache des plumes au perroquet pour les y piquer, se fait un rabat avec le chiffon du tableau, passe la tête dans un grand abat-jour qui lui sert de col, se drape dans le tapis vert de sa table de travail, enroule autour de sa taille une corde aux deux bouts de laquelle Bigalume attache de gros livres, et décroche la guitare pendue au mur.)

BIGALUME

Dans les fauteuils de cuir nous prendrons des tournures

Si drôles que, pour voir, allongeant leurs ramures,

Les grands arbres penchés jusqu'aux vitres viendront

Et, nous apercevant, de rire se tordront;

Que, pour voir, les canards, quittant leurs bords cham-
Se jucheront en ligne au bord de tes fenêtres;   [pêtres,
Que d'antiques docteurs, précipitant leurs pas,
Iront, quatre par quatre, et ne comprendront pas,
Et que ton perroquet, me voyant dans ta robe
Éplucher Cicéron, dira que je me gobe.

MAUMUS

Nous nous serons si bien d'un seul coup déguisés
Que nous en resterons huit jours dépaysés;
Que chacun, ignorant où l'autre peut bien être,
Passera près de lui sans même le connaître,
Et que nous errerons, ne nous retrouvant plus,
Comme deux spadassins dans le fond d'un talus !
    (Ils font semblant de se chercher.)

BIGALUME

Mais à l'heure où des cieux la nuit vient, solennelle,
Il est pour se guider besoin d'une chandelle.

MAUMUS

Dans sa poche on chercha de quoi faire du feu.

BIGALUME

(Tirant d'une des poches de la robe de chambre le papier cherché précédemment
par Maumus.)
On trouva dans sa poche un grimoire d'hébreu.
    (Il s'en sert pour allumer la bougie.)

MAUMUS

Hé ! que brûles-tu là ?

BIGALUME

De vilaine écriture.

MAUMUS

C'est mon travail qui flambe !

BIGALUME

(Éteignant le papier.)

Ah ! ta nomenclature !

MAUMUS

Rends-le moi : ce n'est pas matière à plaisanter.

BIGALUME

Tarare !

MAUMUS

Rends-le moi ! Donne !

BIGALUME

Tu peux chanter !

MAUMUS

Te décideras-tu ?

BIGALUME

Non, tu m'as tout à l'heure
Traité de polisson, de vaurien !

MAUMUS

Que je meure !

BIGALUME

Et tu m'as appelé, vocable criminel,
Monsieur, trois fois, d'un air insurrectionnel !
Monsieur, sans doute un terme employé dans tes gloses,
Moi qui t'ai ce matin dit tant de belles choses !

MAUMUS

Monseigneur, Éminence.....

BIGALUME

Oui, gros comme le bras !

MAUMUS

Mon papier ! Je ferai tout ce que tu voudras !

BIGALUME

Alors donc va chercher d'abord ton parapluie.

MAUMUS

Il paraît évident que ce lutin s'ennuie.

BIGALUME

Maintenant ta bougie, et te mets à genoux.

MAUMUS

Otfried Müller et Bopp, ayez pitié de nous!

BIGALUME

Venus du fond des cieux, parfums des grandes plaines,
Brises du beau printemps, senteurs, tiédes haleines,
Vents de folie, aux coins des murs dansez en rond!
Brises, brises, dansez! Les savants s'en iront!
Jetez-nous votre effluve et votre griserie
Où l'essence de rose aux myrtes se marie;
Brises, apportez-nous vos parfums accablants,
Dont l'assaut ensorcelle, et vos souffles troublants,
O brises, qui glissez sur les forêts nouvelles
Comme de lents archets sur des violoncelles!

MAUMUS

(A genoux, tenant d'une main le parapluie ouvert et de l'autre
la chandelle allumée.)

De tous les jours passés dans l'air de ce taudis,
De tout ce que j'ai lu dans ces bouquins maudits,
De tout ce que j'ai fait au fond de cette chambre,
De tout ce que j'ai dit de janvier à décembre,

De tous les mots que j'ai comptés, des grands couchants
Où fut close ma vitre, alors que sur les champs
Rejaillissaient leurs feux en fauves incendies,
Des sottises par moi dans l'ombre approfondies,
A ce petit enfant, que le printemps conduit,
Que n'a pas foudroyé l'aspect de ce réduit,
Je demande humblement pardon, l'âme contrite,
Confessant sa victoire et mon peu de mérite,
Dont je lui veux dresser un acte à quatre sceaux
Pour qu'il l'aille conter aux cailloux des ruisseaux.

BIGALUME

Cette conversion est-elle sérieuse ?

MAUMUS

Ces propos égayés, cette tête rieuse,
Et la saison, je pense, encore m'étourdit.
Je crois bien que tu peux croire ce que j'ai dit.

BIGALUME

Voilà donc ce chiffon.

MAUMUS

Eh ! mais, que vais-je en faire ?

BIGALUME

BIGALUME

C'est un certificat de temps perdu.

MAUMUS

Misère !

BIGALUME

Ne vas pas le relire, au moins.

MAUMUS

Jamais, jamais !

BIGALUME

Bien sûr ?

MAUMUS

Certes.

BIGALUME

Bien sûr ?

MAUMUS

C'est dit, je le promets.

(Il lui donne le papier.)

BIGALUME

Comme une averse, à fond, cet habit me pénètre :

Je m'empédantifie. Eh ! rendons à ce reitre
Sa cuirasse flottante et son casque à plumet.

(Il ôte la robe et la calotte de Maumus.)

MAUMUS

Il vient de ce papier je ne sais quel fumet.

BIGALUME

J'ai besoin de sa robe autant que d'une guigne.

MAUMUS

Ne pourrais-je, en cachette, en relire une ligne ?

(Ayant posé d'un côté son parapluie, de l'autre sa bougie, Maumus, toujours à genoux, se met à relire le papier à demi-brûlé, et sa figure devient radieuse.)

Merveilleux!... Merveilleux !... Merveilleux !

BIGALUME

(Exaspéré.)
Mon sang bout.

Il roucoule, ma foi, comme un pigeon. Debout !

(Maumus veut se relever; mais Bigalume a mis le pied sur la corde qui lui pend le long des reins, et Maumus retombe en éclatant de rire.)

MAUMUS

Comme un pigeon? Ah ! ah ! Je comprends. Comme...
[Comme !!

Comme... comme un pigeon ! Ce matin..! Ce jeune hom-
[me !!

4

Et moi qui n'ai pas ri, moi qui n'ai pas compris !
(Ici Bigalume prend une pose de triomphateur sur Maumus, qui continue à rire, étendu
— par terre.)

BIGALUME

Cette fois, le pauvre homme est complètement gris.
Ci-gît Maumus, savant dont le savoir chaviré,
Etouffé tout d'un coup par les flots du bon rire
Que refoula trente ans la digue des bouquins;
Maumus, qui se ceignit d'une corde les reins
Pour cercler à l'instant du rire tyrannique
Son corps, que secouait sa rate volcanique;
Maumus, qui, les voyant grimper aux espaliers,
S'irritait qu'au printemps chôment les écoliers.
Le printemps est entré dans ce manoir classique,
Et Maumus a quand même écouté sa musique,
Et Maumus s'est troublé, Maumus s'est souvenu,
Et Maumus a dansé sur un air inconnu,
Et Maumus étourdi, sans craindre que l'on entre,
À l'aise, en plein soleil, s'étendit à plat ventre,
Et quand, vainqueur, jasait sur Maumus terrassé
Le Printemps éternel, qui ne s'est pas lassé,
Maumus, préoccupé, faisait une cocotte !

(En effet Maumus vient de faire une cocotte avec le papier que lui a rendu Bigalume;
celui-ci la place en face de l'autre cocotte. On entend du bruit.)
Quelqu'un !

MAUMUS

Ma fille !

BIGALUME

(Ouvrant une porte.)
Allons, viens çà qu'on t'escamote !
Ta tenue est de mise en temps de carnaval.

MAUMUS

C'est impossible !

BIGALUME

Alors tu ne ferais pas mal
De prendre ton grand air et redresser ta taille.
(Maumus veut prendre un air sérieux sous son déguisement. Mais Bigalume se
moque de lui.)

MAUMUS

Au fait, il a raison. Mieux vaut que je m'en aille.
Je reviens.
(Il sort.)

BIGALUME

Éteignons, fermons, rangeons.
(Il éteint la bougie, ferme le parapluie et range quelques livres.)

SCÈNE VII

BIGALUME, BLANCHE

BLANCHE

Entrons.

(Le lutin et la jeune fille se saluent.)

BIGALUME

Les arbres ne sont pas plus muets sur leurs troncs.

BLANCHE

Ce jeune homme est timide.

BIGALUME

Elle a peur.

BLANCHE

Que lui dire ?

BIGALUME

Puis-je savoir à qui j'ai l'honneur de sourire ?

BLANCHE

Vous qui venez de rire et de m'interroger,
Dites-moi votre nom d'abord, bel étranger.

BIGALUME

Pardon, mais j'ignorais les usages du monde.
S'il faut que ce soit moi qui le premier réponde,
Bigalume est mon nom, céleste mon climat,
Rêveur mon caractère et lutin mon état.

BLANCHE

(A part.)
Qui me racontera d'où vient ce petit homme
Si gracieux, si frais, si merveilleux en somme ?
Ment-il autant qu'un autre et parle-t-il d'amour ?

BIGALUME

Je suis venu vous dire un secret et bonjour.

BLANCHE

Un secret ? Bien, Monsieur; je vais chercher mon père.

BIGALUME

Marcel chantera donc un hymne mortuaire !

BLANCHE

Vous venez de chez lui ?

BIGALUME

Marcel, les cheveux ras,
Clamera vers la lune en faisant de grands pas.

BLANCHE

Que fait-il ?

BIGALUME

Des accords.

BLANCHE

Que dit-il ?

BIGALUME

Qu'il trépasse.

BLANCHE

Et puis ?

BIGALUME

Appelez donc votre père !

BLANCHE

De grâce !

BIGALUME

Eh bien ce gros secret, sans attendre à demain,
Puisque si doucement vous me tirez la main,
Le voici... le voici... Chut !... chut !... Marcel... vous

[aime !

BLANCHE

Ce n'est pas un secret, une nouvelle même !

BIGALUME

Vous, Blanche, l'aimez-vous ?

BLANCHE

(A part.)
Faut-il répondre non ?

(Haut.)
Vous qui le demandiez, vous saviez donc mon nom !

BIGALUME

Croyez-vous que le nom que murmure, à voix basse,
L'amant, qui pleure ou rit, meurt ou vit, reste ou passe,
N'est qu'un bruit qui se perd ? Écoutez les grands bois :
Ils répètent des noms que leur ont dit des voix,
Et le chant indiscret des oiseaux les module.
Jamais l'amant pensif ne nous les dissimule.
Dites si je me trompe ou si la forêt ment.

Ai-je bien démêlé ce grand chuchotement
Qui dit : *Blanche*, en la nuit, quand je passe, à la brune,
Candide et chevauchant sur un rayon de lune ?
S'ils n'étaient, dans les bois, des gnômes entendus,
Moins souvent s'y seraient les poètes perdus !
Si les gnômes craintifs ne lisaient dans vos rêves,
Leur farandole aurait de languissantes trèves.
A la file, ennuyés, tête basse, en songeant,
Ils iraient à cheval sur des rayons d'argent,
Laisseraient de sommeil pendre leurs bras dans l'om-
                                        [bre,
Et, pour qu'au fond des bois sur l'eau d'un étang sombre,
Surnage la blancheur de leur corps délicat,
Comme on voit tournoyer un oiseau qui s'abat,
Ils se laisseraient choir, regretteurs de poètes,
Traçant de clairs circuits dans les forêts muettes !

BLANCHE

Oui, comme le pigeon.

BIGALUME

    Mais quel pigeon, enfin ?

BLANCHE

Ah ! vous ne savez pas ! le pigeon du voisin.

Il s'agit d'un garçon triste à porter en terre,
Lequel est protégé par Monsieur le notaire.
Il est tellement grand qu'il en est indiscret.
Quand, derrière le mur, il passe, l'on dirait
Que, pour juger ici de la couleur des saules,
Il se fait tout exprès porter sur des épaules,
Et comme à chaque pas il fait un soubresaut,
On pense encor, Monsieur, qu'il doit être si sot
Que cette paire-là d'épaules d'elle-même
Secoue en se levant sa face de carême.
En coulisse il nous darde un œil de paria :
Aussi vais-je partout planter du dalhia.
Ne pouvant plus longtemps voir ce spectacle horrible,
Il trouera son chapeau de balles comme un crible :
C'est sa manière à lui de me faire la cour.
Que ne bat-il aussi tous les soirs du tambour ?
Bref, comme son idée est que l'on nous marie,
Pour plaire qu'a-t-il fait ? Devinez, je vous prie
Il a sur une échelle, au dernier échelon,
Mis un pigeon vivant qu'il tire avec du plomb.
Il faut que l'animal ait eu la peau bien dure,
Car voilà douze jours que le massacre dure.
Le pigeon engraissait. Il eût continué,
Et le tireur en vain se fût exténué,

Si ce matin, contre un tel nigaud irritée,
Me croyant par un mur des regards abritée,
Je n'eusse de dépit, de colère... Excusez !
A Marcel qui passait envoyé deux baisers.
Savez-vous quel miracle au même instant s'opère ?

BIGALUME

Gageons qu'à ce moment apparut votre père.

BLANCHE

D'abord. Mais aussitôt un coup de fusil part
Et le pigeon s'abat percé de part en part.
Le voisin m'avait vue. Or, à ce trait sensible,
Quoique l'ayant visée, il mettait dans la cible !!

BIGALUME

En attendant, Marcel est tout ragaillardi.

BLANCHE

Fâchons-le.

BIGALUME

Vous craignez qu'il ne soit trop hardi?

BLANCHE

Non, j'aime voir oser des choses incroyables.

BIGALUME

Si ses témérités vous semblent agréables,
Pourquoi décourager qui vous fait du plaisir ?

BLANCHE

Il croirait que c'est lui que nous voulons choisir !
Dirait-on pas vraiment que cela le regarde ?

BIGALUME

A ses moments perdus !

BLANCHE

Si mon démenti tarde,
C'est à recommencer !

BIGALUME

Je ne vois pas comment.

BLANCHE

Dites-moi donc par quoi l'on déroute un amant.
Parlez, mais parlez donc !

BIGALUME

Soit ! que faut-il vous dire ?

BLANCHE

S'il se doute qu'on l'aime, il va cesser d'écrire.

BIGALUME

Croyez qu'il en est sûr !

BLANCHE

Vraiment ! il en est sûr !'

BIGALUME

Chaque soir, quand il passe au pied de votre mur,
Vous arrosez vos fleurs.

BLANCHE

La preuve en est splendide !

BIGALUME

Quelle autre vaudrait mieux quand l'arrosoir est vide ?

BLANCHE

Savez-vous que je suis en colère ?

BIGALUME

Pourquoi ?

BLANCHE

Que je battrais quelqu'un de rage !

BIGALUME

Battez-moi !

BLANCHE

Et qu'au besoin, si vous ne me tirez d'affaire,
Si vous ne faites pas qu'il ait cru me déplaire,
De mes dix petits doigts je vous étranglerais !

BIGALUME

Tuez-moi donc d'abord et nous verrons après !

BLANCHE (exaspérée.)

Il faut me conseiller, ou choisir un supplice

BIGALUME

(A part.)

Vivre afin de mourir, mourir pour un caprice !
Mon bel ami, le temps est venu du baiser !
J'entends dans les forêts les arbres s'apaiser ;
Les ruisselets bavards ont fait pour toi silence,
Et les oiseaux chanteurs ont fini leur romance.
Tout se tait dans l'air pur, sous le soleil de feu.
Un baiser va tantôt monter dans le ciel bleu !
(A Blanche.)
Le moyen de remplir Marcel de jalousie...
(A part.)
Mais consentira-t-elle à cette apostasie ?
(Blanche est assise, la tête renversée. Il s'approche d'elle pour l'embrasser.)
J'ai trop peur !
(Il se sauve.)

BLANCHE

(Se relevant.)
Je croyais qu'il m'allait embrasser.
Mais, au fait, pourquoi pas ? Il faut me replacer.
Peut-être qu'à la fin il en aura l'idée.
Que ne me suis-je encore à cela décidée ?
C'est le meilleur moyen que Marcel soit jaloux.
(Elle se rassied.)
Ah mais ! il est trop long ! Tiens !.... il plante des clous.
Que faites-vous donc là ?

BIGALUME

Travail sans importance !
Puisqu'il me faut mourir, je fais une potence.

BLANCHE

Vous avez, je le vois, hâte de trépasser.
Allons, n'y pensez plus. Je veux vous embrasser.

BIGALUME

M'embrasser ! Ah mon Dieu ! Consentez à me pendre !

BLANCHE

Un tout petit baiser que vous pourrez me rendre.

BIGALUME

(A part.)

C'est qu'elle a deviné !

(Haut.)

Pourquoi faire ?

BLANCHE (calme.)

Mais pour

Qu'en l'apprenant Marcel en maudisse le jour,
Qu'il meure de dépit, de colère, de rage.

BIGALUME

Comment le saura-t-il ?

BLANCHE

Par votre bavardage.

BIGALUME

Mais je n'en dirai rien.

BLANCHE

Vous voulez plaisanter.

Je vous donne trois jours, moi, pour vous en vanter !

BIGALUME

Pour sûr je me tairai.

BLANCHE (courant après Bigalume.)

Que non !

BIGALUME (se sauvant.)

Mais j'ai la peste !

BLANCHE

Pour un pestiféré je vous trouve bien leste !

BIGALUME

J'ai la jaunisse, et c'est un mal contagieux !

BLANCHE

(Courant toujours après lui.)
Mon rêve est de l'avoir !

BIGALUME

J'ai la gale !

BLANCHE

Tant mieux !
Vous lui direz ! L'injure en sera plus sanglante.
Préférer un galeux : circonstance aggravante !
(Elle rattrape sur le bord de la fenêtre Bigalume, qui allait se sauver. Celui-ci dès lors ne résiste plus.)

BIGALUME

Alors laissez-moi, Blanche, attendre longuement

5

BIGALUME

Ce baiser qui ne doit me durer qu'un moment !

(Tenant les deux mains de Blanche.)

Dans le baiser d'amour qu'à l'amoureux je vole

Est toute cette enfant, le feu de sa parole,

La gaîté de ses pas, la fièvre de ses doigts,

Le charme délié de ses gestes adroits,

Aussi sa pureté dont parlait ma déesse :

Elle est là tout entière et j'en mourrai d'ivresse !

. . . .

L'instant qu'il se prépare, on sent l'âme s'ouvrir ;

L'instant qu'on le reçoit, on en pense mourir !

(Blanche embrasse, pendant qu'il dit ce dernier vers, Bigalume, qui pousse un grand
cri et tombe à la renverse par la fenêtre.)

SCÈNE VIII

MAUMUS, BLANCHE

BLANCHE

(Regardant par la fenêtre, sans avoir vu entrer Maumus.)

Où donc est-il passé ?

MAUMUS

(Qui a tout vu.)

« C'est une femme pure
Qui fera de sa lèvre à ton cœur la blessure,
Et Bigalume, un jour d'amour, trépassera,
Quand un baiser entre elle et lui s'échangera ! »

BLANCHE

(Se retournant et apercevant Maumus.)

Ce n'est pas moi !

MAUMUS

(Ironiquement.)

C'est lui !

BLANCHE

(À part.)

Je vais être grondée.

MAUMUS

(À part.)

Et moi qui la croyais perverse ! Quelle idée !

BLANCHE

(De même.)

Si le ciel me punit, je l'aurai mérité.

MAUMUS

(De même.)

Quoiqu'elle ait le baiser facile, en vérité !

BLANCHE

Ah ! j'ai fait un beau coup ! Jusqu'ici, quand mon père
Me parlait du voisin, je me disais : « Espère !
Marcel est avec toi ! »

MAUMUS

C'est un mari qu'il faut !

BLANCHE

Mais Marcel, convaincu que je lui fais défaut,

Va me quitter, laissant mon père me défendre
D'épouser un garçon qui ne veut plus me prendre!

MAUMUS

Bigalume est parti. Je me sens rabougrir.
Depuis qu'il n'est plus là, je m'ennuie à mourir.
Rentrez, rentrez ici, gaîté, chansons, fou rire,
Cortège étourdissant qu'on a tort de proscrire.
Les vieux, de votre temps, n'était-on pas rieur?
Si vous avez tout lu, relisez le meilleur,
Et ne chassez jamais, encor que le temps presse,
Un lutin attardé qui vous parle jeunesse!

BLANCHE

Mon père, j'avais tort, pardon! Je me soumets.
J'accepte le voisin.

MAUMUS

          L'homme au pigeon? Jamais!
Autour de la maison ton amoureux gravite,
Viens l'appeler.

(Il va à la fenêtre avec Blanche.)

BIGALUME

TOUS DEUX ENSEMBLE

Ohé ! Marcel !!

MAUMUS

Accourez vite !
Et que le doux baiser de vos jeunes amours
Rappelle au vieux Maumus le temps de ses beaux jours !

3185. — Poitiers, Imprimerie Blais, Roy et Cie, rue Victor Hugo, n° 7.

9 782019 140311